Un Libro Gigante Primero de Lectura

Este cuento infantil contiene únicamente 59 palabras diferentes, repetidas frecuentemente para ayudar al joven lector a que desarrolle el reconocimiento de las palabras e interés por la lectura.

Las palabras que se encuentran en El Monstruo Debajo De Mi Cama son:

a	fantasma	oscuro
algo	golpeteo	otra
animal	grande	panchito
apaga	hay	papi
apagar	hora	pelucita
asusta	horrible	peludo
bostezo	ir	podría
buenas	la	prende
cama	las	que
cuando	luz	qué
cuarto	malvada	rasguño
dale	mami	ruido
de	me	ser
debajo	mi	tu
dice	miedoso	un
el	mira	una
es	monstruo	vez
ese	no	y
eso	noches	ya
está	o	

El Monstruo Debajo De Mi Cama

Written by Suzanne Gruber

Illustrated by Stephanie Britt

Escrito por Suzanne Gruber
Ilustrado por Stephanie Britt

Troll Associates

Library of Congress Cataloging in Publication Data

Gruber, Suzanne.
    Monster under my bed.

    Summary: At bedtime, a little bear finds that there
is a logical explanation for those monster noises
coming from beneath his bed.
    1. Children's stories, American. [1. Bedtime—
Fiction. 2. Fear—Fiction. 3. Night—Fiction.
4. Bears—Fiction] I. Britt, Stephanie, ill. II. Title.
PZ7.G9319Mo   1985   [E]   84-45687
ISBN 0-8167-0456-2 (lib. bdg.)
ISBN 0-8167-0457-0 (pbk.)

¡Bostezo!
Mami dice que es hora de ir a la cama.

Dale las buenas noches a Pelucita.

Dale las buenas noches a Panchito.

Dale las buenas noches a Papi.

Dale las buenas noches a Mami.

Ya es hora de apagar la luz.

Mi cuarto está oscuro cuando Mami apaga la luz.

"¡Golpeteo, golpeteo, golpeteo, golpeteo!"
¿Qué es eso?

"¡Golpeteo, golpeteo, golpeteo, golpeteo!"
¿Que es ese ruido?

¡El ruido está debajo de mi cama!

"¡Rasguño, rasguño, golpeteo, golpeteo!"
¿Qué hay debajo de mi cama?

¿Podría ser un monstruo miedoso

...o un horrible fantasma?

¿Podría ser una bruja malvada

...o un animal grande y peludo?

"¡Rasguño, rasguño, golpeteo, golpeteo!"
¡Debajo de mi cama hay algo que me
asusta!

"¡Mami, hay un monstruo debajo de mi cama!"

Mami prende la luz.

"No hay ningún monstruo debajo de tu cama."

Mami apaga la luz.
"Buenas noches."

"¡Golpeteo, golpeteo, golpeteo, golpeteo!"
¡Otra vez el ruido debajo de mi cama!

"¡Mami, hay un monstruo debajo de mi cama!"

Mami prende la luz.

"¡Mira! Mira debajo de mi cama. ¡Hay
un animal miedoso y peludo debajo de mi
cama!"

Hay un animal peludo debajo de la cama.
¡Mira! Es Pelucita.

Dale las buenas noches a Pelucita.

Mami apaga la luz.

Buenas noches.